© 2002 do texto por Martin Widmark
© 2002 das ilustrações por Helena Willis

Traduzido da primeira publicação em sueco intitulada *Lassemajas Detektivbyra: Diamantmysteriet*.

Direitos de edição em língua portuguesa adquiridos por Callis Editora Ltda. por meio de contrato com Salomonsson Agency.
Todos os direitos reservados.
3ª edição, 2023
2ª reimpressão, 2024

Texto adequado às regras do novo Acordo Ortográfico da Língua Portuguesa

Coordenação editorial: Miriam Gabbai e Simone Kubric Lederman
Assistente editorial: Thais Rimkus
Tradução: Regina Bogestam
Revisão: Ricardo N. Barreiros
Diagramação da edição brasileira: Camila Mesquita

Dados Internacionais de Catalogação na Publicação (CIP)
Angélica Ilacqua CRB-8/7057

Widmark, Martin

   O mistério dos diamantes / Martin Widmark ; tradução de Regina Bogestam ; ilustrações de Helena Willis. - 3. ed. - São Paulo : Callis Editora, 2023.
   80 p. : il. (Coleção Agência de Detetives Marco & Maia)

   ISBN 978-65-5596-173-7
   Título original: *LasseMajas Detektivbyra: Diamantmysteriet*

   1. Literatura infantojuvenil sueca I. Título II. Bogestem, Regina III. Willis, Helena

23-4411   CDD: 028.5

ISBN 978-65-5596-173-7

Impresso no Brasil

2024
Callis Editora Ltda.
Rua Oscar Freire, 379, 6º andar • 01426-001 • São Paulo • SP
Tel.: (11) 3068-5600 • Fax: (11) 3088-3133
www.callis.com.br • vendas@callis.com.br

O mistério
dos diamantes

Martin Widmark

ilustrações de
Helena Willis

tradução de
Regina Bogestam

callis

Personagens:

Marco

Maia

Muhammed Kilat

Lia Leander

Tom Modig

Luiz Smitt

Capítulo 1

Na agência de detetives

As ruas estão desertas na pequena cidade de Valleby, na Suécia. São apenas três da tarde, mas já está escuro porque os dias são muito curtos durante o inverno nórdico. As ruas e as praças estão molhadas e sujas. O mês é fevereiro.

A luz do quarto de Maia, no porão da casa, está acesa. Lá dentro, Maia e seu colega de escola, Marco, estão abrigados do frio que faz lá fora. Os dois são quase da mesma idade e estão de férias. Mas nem Maia nem Marco têm vontade de andar de trenó com seus amigos. O interesse deles é outro.

— Sinto que alguma coisa emocionante está para acontecer em breve — diz Marco.

— Hum... — responde Maia, sem interromper sua leitura.

Eles montaram um pequeno escritório no porão da casa de Maia. Cercados de pesados livros, eles passam o dia sentados em velhas poltronas em volta de uma mesa redonda. Os livros são romances policiais do pai de Maia.

Agora que estão de férias, querem aprender mais como os ladrões e os policiais atuam. Maia e Marco, porém, não são apenas amigos, eles também são sócios

numa agência de detetives: a Agência de Detetives Marco & Maia.

    Talvez você não saiba o que seja um detetive. Um detetive é um policial disfarçado. Ele segue e espiona pessoas suspeitas, tira fotografias e observa com a ajuda de um binóculo. Ele faz de tudo para prender um bandido.

— Não vejo a hora de termos um caso emocionante — suspira Maia.

— Parece que os ladrões também estão de férias — diz Marco.

No escritório, existe também um armário onde Marco e Maia guardam tudo de que precisam para seu trabalho de detetive:

- Máquina fotográfica com flash — assim eles podem fotografar no escuro.

- Binóculo — para poder ver de longe.

- Lupa — para ver as impressões digitais.

- Espelho — para poder vigiar a esquina.

- Nariz falso e peruca — para se disfarçar.

- Lanternas — para iluminar no escuro.

- Cofre — onde poderão guardar o dinheiro que ganharem.

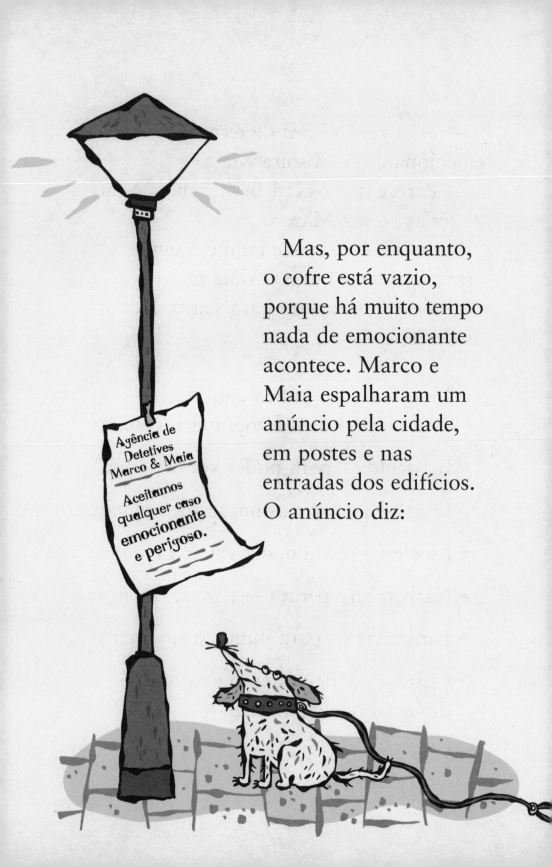

Mas, por enquanto, o cofre está vazio, porque há muito tempo nada de emocionante acontece. Marco e Maia espalharam um anúncio pela cidade, em postes e nas entradas dos edifícios. O anúncio diz:

Agência de Detetives
Marco & Maia

*Aceitamos qualquer caso
emocionante e perigoso.
Encontramos carteiras
perdidas e gatos desaparecidos.*
Preços especiais.

Enquanto esperam por um caso, eles leem livros policiais. Maia conta para Marco o que ela está lendo em seu livro. É uma história sobre um bandido que sequestra cães na frente das lojas. Depois ele telefona para os donos exigindo um resgate para devolver os pobres animais. Maia fica indignada só de pensar nisso.

Alguém bate na porta. Marco e Maia se entreolham. Quem poderá ser?

CAPÍTULO 2

Um homem desesperado pede ajuda

Marco vai abrir a porta. Lá fora, na escada, vê um homem com um gorro de listras, um grande bigode negro e sapatos molhados.

Ele se chama Muhammed Kilat, e é o homem mais rico de toda Valleby. Ele é o dono da joalheria da Rua da Igreja, muito conhecido por seus fantásticos diamantes, anéis, brincos e demais joias. O que será que ele quer com Marco e Maia?

Marco indica o caminho para o escritório.

— Bem-vindo, senhor Kilat. Por favor, sente-se — Maia diz, apontando para a poltrona vazia onde Marco estava sentado.

Muhammed Kilat senta-se logo na poltrona e tira um lenço do bolso do casaco. Ele está suando. Marco e Maia percebem que ele está nervoso.

— Em que podemos ajudá-lo, senhor Kilat? — pergunta Marco.

— Estou desesperado. Li o anúncio de vocês em um poste em frente à minha loja — diz Muhammed Kilat. — Preciso de ajuda.

Maia e Marco pegam suas canetas e um bloco de anotações.

— Faz muito tempo que tenho minha joalheria na Rua da Igreja. Joalheria Guld. Os negócios têm transcorrido de uma maneira brilhante — começa Muhammed Kilat. — Clientes dos lugares mais distantes procuram minha pequena loja aqui em Valleby. Mas agora minha estrela da sorte se apagou — diz ele, assoando o nariz no lenço que tirara do bolso.

— O que aconteceu? — pergunta Marco.

— A cada dia que passa, fico mais pobre — suspira Muhammed Kilat.
E continua:
— Parece que alguém que trabalha na minha loja está roubando meus diamantes. Cinco pedras muito preciosas

desapareceram em pouco tempo e eu não entendo como isso foi possível. Todos os que trabalham na loja são obrigados a esvaziar bolsas e bolsos antes de ir para casa. Mas eu não encontro nada. Nada foi retirado da loja. Tenho certeza absoluta disso.

— O que diz a polícia? — pergunta Maia.

— A polícia está investigando desde o sumiço do primeiro diamante, mas ainda não tem nenhum suspeito. Dizem que não podem fazer nada até que o ladrão cometa um deslize e o roubo seja descoberto.

Muhammed afrouxa um pouco o nó da gravata.

— Em breve estarei arruinado e terei que fechar a loja — lamenta. — Sem meus famosos diamantes, os clientes perderão o interesse por minha joalheria.

Marco e Maia notam que ele está muito agitado.

— É uma situação difícil — diz Marco, coçando o nariz com a caneta. — A polícia não pode fazer nada e o senhor não tem nenhum suspeito. É isso mesmo? — pergunta Marco.

— Exatamente — responde Muhammed Kilat. — Pergunto se vocês podem aceitar esse caso. Vocês podem fingir que vão

trabalhar em minha loja. Então podem espionar meus empregados e me dar algumas dicas. Por favor, ajudem-me a descobrir quem está roubando meus diamantes. Pago bem. Estão interessados? Por favor, digam que sim!

— Começaremos amanhã — diz Maia.

Capítulo 3

Começam as investigações

No dia seguinte, faz sol e Maia e Marco vão de ônibus para a Rua da Igreja. Ambos tinham arrumado uma pasta com apetrechos que poderiam precisar em seu trabalho de detetive. Eles descem quando o ônibus chega à velha igreja. A loja de Muhammed Kilat fica do outro lado da rua, entre o café e o correio.

Eles param um instante e olham para a loja, que fica no andar térreo do edifício. Acima da loja há mais dois andares.

— Lá dentro deve haver um ladrão de diamantes — diz Marco. — Estou com um pouco de medo!

— Vamos! Vamos começar nosso trabalho — Maia diz, apontando para a joalheria com a cabeça.

Eles atravessam a rua e abrem a porta da loja. Uma campainha soa quando eles entram. Maia observa tudo ao seu redor com muita atenção. Uma vendedora não muito jovem pergunta às crianças se pode ajudá-las em alguma coisa. Maia pede para falar com o chefe. A vendedora os leva a um escritório no interior da loja e bate na porta.

— Entre! — eles ouvem a voz de Muhammed Kilat.

Quando Maia abre a porta, Muhammed Kilat se levanta e vai até eles com as mãos estendidas.

— Vocês são muito bem-vindos — exclama.

Depois, baixando a voz, diz sussurrando:

— Ontem desapareceu mais um diamante, o sexto. Não consigo entender

como isso foi possível! Vocês têm de me ajudar!

Marco vê que a vendedora ficou parada à porta, escutando a conversa com interesse.

— Agora você pode voltar para o seu trabalho, Lia — diz Muhammed Kilat.

Ela fecha a porta e volta para a loja.

— O senhor poderia nos contar como são as pessoas que trabalham aqui e como é um dia normal de trabalho na loja? — pede Marco, depois de se sentar em um grande sofá marrom.

Muhammed Kilat tira seu lenço do bolso e assoa o nariz ruidosamente. Ele vai até sua escrivaninha e abre uma gaveta, de onde retira algumas fotografias.

— Abrimos a joalheria às dez da manhã e fechamos às seis da tarde. Os diamantes desaparecem durante esse período de uma maneira misteriosa. Estou enlouquecendo com isso — grita Kilat.

— Tente se acalmar um pouco, senhor Kilat — pede Maia.

— Desculpem-me. Aqui trabalham, além de mim, três pessoas.

Ele lhes mostra um retrato de uma senhora de meia-idade.

— Ela se chama Lia Leander. Vocês já a viram. Foi ela quem trouxe vocês até aqui. Lia trabalha na loja atendendo os fregueses. Ela está aqui há muitos anos e sempre foi uma excelente funcionária.

— Mas no ano passado sua casa foi destruída por um incêndio e o seguro se recusa a indenizá-la — continua Muhammed Kilat. — Eles dizem que Lia não tinha pagado as prestações do seguro. Portanto, ela está sem dinheiro. Semana passada, ela esteve aqui no meu escritório para pedir um aumento de salário. Eu gostaria de ajudá-la, mas, como vocês podem ver, isso agora não é possível.

Marco escreve em seu bloco de anotações: "Motivo de suspeitas: Lia Leander precisa de dinheiro".

Muhammed Kilat mostra a fotografia seguinte.

— No andar de cima, sobre a loja, trabalha Tom Modig. Ele fica polindo todas as joias para que fiquem mais

brilhantes antes da venda. Para falar a verdade, Tom é um grande chato, mas chega sempre na hora e é muito organizado. Ele faz bem o que lhe mandam.

— Esta joalheria era do pai de Tom — continua Muhammed Kilat. — Mas ele teve problemas financeiros e foi obrigado a vendê-la. Foi nessa ocasião que comprei a loja. Se eu não a tivesse comprado, Tom seria o chefe aqui hoje.

Marco escreve em seu bloco de anotações: "Motivo de suspeitas: Tom Modig quer ser o dono da loja".

Muhammed Kilat mostra a terceira e última fotografia.

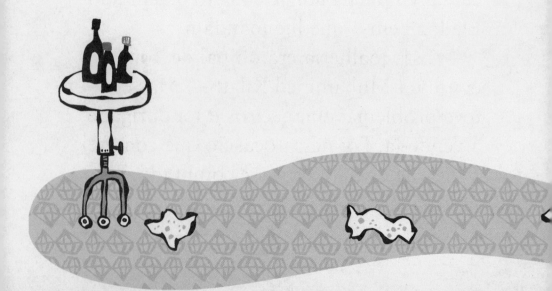

— No último andar do prédio, trabalha Luiz Smitt. Ele lapida os diamantes e os coloca nos anéis e colares. Não faz muito tempo que Luiz trabalha comigo, mas é muito cuidadoso e habilidoso. Ele é ourives há bastante tempo e seu chefe anterior estava muito satisfeito com o seu trabalho. Luiz gosta de roupas bonitas e de carros esportivos. Por sinal, ele comprou um carro novo na semana passada.

Muhammed sorri e continua:

— Vocês deveriam ter visto o olhar de Tom Modig quando Luiz mostrou seu carro novo. Tom olhou com repulsa para o carro e, depois, com aversão para Luiz. Luiz se gabou dos 380 cavalos do carro, passando carinhosamente a mão pelo capô do motor. Tom respondeu que "apenas um cavalo é necessário se ele for bem escolhido", deu meia-volta e saiu.

— Nem eu, nem Lia, nem Luiz entendemos o que ele quis dizer — continua Muhammed Kilat. — Ele estava de mau humor. Porém, como disse antes, Luiz Smitt é uma pessoa muito agradável. Ele faz academia e come muita fruta para se manter em forma.

Marco escreve em seu bloco de anotações: "Luiz Smitt aparentemente tem muito dinheiro. De onde vem esse dinheiro?".

— Bem, acho que é tudo o que vocês precisam saber — diz Muhammed Kilat, levantando-se do sofá. — Agora vou apresentá-los aos meus funcionários.

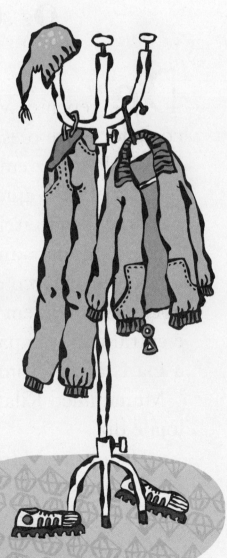

Capítulo 4

Os suspeitos

De repente, Muhammed para no corredor entre o escritório e a loja. Baixando a voz em um sussurro, diz:

— Por favor, ajudem-me a descobrir o ladrão, senão irei à falência em breve.

Ele continua a andar sem dar tempo a Maia e a Marco de responder ao seu apelo. Eles seguem atrás do senhor Kilat e entram na loja para serem apresentados a Lia Leander, Tom Modig e Luiz Smitt.

Muhammed Kilat para no meio da loja e diz:

— Estes são Marco e Maia. Eles vão fazer alguns trabalhos aqui na joalheria. Vão lavar as janelas e ajudar no que for preciso, como esvaziar cestos de lixo e dar recados.

Lia e Luiz estendem a mão e dão as boas-vindas a Marco e Maia.

Um colar de ouro brilha no pescoço de Lia.

"Estranho", pensa Marco. "Ela precisa tanto de dinheiro."

Lia Leander sorri para Marco e Maia, mas eles percebem que ela está pensando em outra coisa. Por que ela teria ficado parada antes escutando atrás da porta? Como ela pode ter um colar de ouro tão caro se está passando por dificuldades? O que será que ela sabe sobre os diamantes desaparecidos?

Luiz tem uma maçã bem grande na mão e sorri mostrando seus grandes dentes alvos. Maia e Marco recordam que ele come muita fruta.

— Uma maçã por dia faz bem à digestão — diz Luiz, dando batidas na própria barriga, que parece bem malhada. Ele joga a maçã para o alto, mas não consegue apanhá-la. Ela cai no chão, rolando para baixo do balcão de vidro atrás do qual Lia se encontra. Ela torce o nariz para Luiz que, sem graça, se abaixa para procurar a fruta debaixo do balcão.

Tom Modig ri maldosamente de Luiz Smitt, achando-o ridículo em sua posição de quatro no chão. Tom não cumprimenta Marco e Maia como os outros o fizeram. Continua no seu canto, olhando mal-humorado para eles.
Ele parece não gostar da presença de gente nova na loja.

— Bem, voltemos às nossas tarefas — diz o senhor Kilat, batendo as mãos. — Tempo é dinheiro, como todos nós sabemos.

Maia sai imediatamente em busca de um balde, panos de limpeza e um limpa-vidraças, e começa a lavar as vitrines da loja. Lia Leander cantarola enquanto arruma as joias atrás do balcão.

O primeiro freguês do dia entra na loja. É um senhor idoso, de bigodes brancos e chapéu, que se movimenta pela loja

como se fosse um freguês habitual, muito seguro de si. Ele para diante de uma vitrine que contém valiosos colares de diamantes.

"Com certeza ele está procurando uma joia bonita para a mulher que ama" — pensa Maia.

Lia Leander fica vermelha quando vê quem entrou na loja.

Quando Maia começa a lavar as vitrines, Marco sai da loja. Ele pendura seu binóculo no pescoço e atravessa a rua, correndo até a igreja. Dentro da igreja, ele se depara com o zelador. Marco conta para ele que é ornitólogo.

— Orni... o quê? — o zelador olha curioso para Marco.

— Ornitólogo significa *estudioso de pássaros* — explica Marco. — Uma pessoa que se interessa por pássaros.

O zelador não diz nada.

— Queria saber se posso fazer observações da janela da torre da igreja — pede Marco, mostrando o binóculo.

— Há notícias de que uma grua finlandesa foi vista na cidade, um pássaro

muito raro. Se eu conseguir observá-la, vou escrever um artigo para o jornal. Seria de fato um grande acontecimento.

Ah, como ele é hábil para encontrar desculpas!

— Sim, pode subir — responde o zelador, mostrando a porta que leva à torre da igreja.

No alto da torre, ele abre uma janelinha para a rua, deseja boa sorte a Marco e desce as escadas, deixando o detetive sozinho.

Marco se deita de bruços e começa a espreitar a joalheria de Muhammed Kilat, do outro lado da rua, com seu binóculo.

Capítulo 5

Espionagem interior e exterior

Lá embaixo, dentro da loja, Marco observa Lia Leander mostrando joias para um senhor de meia-idade. Ela segura um estojo forrado de veludo vermelho com colares e anéis muito brilhantes.

O cliente olha para as joias, mas parece mais interessado na vendedora.

Marco vê como Maia limpa e esfrega a vidraça atrás de Lia. Com certeza, ela tenta ouvir alguma coisa da conversa entre Lia e o freguês.

Quando este está de saída, Lia dá-lhe um beijo no nariz. "Que atendimento! Será que ela faz isso com todos os fregueses?", pergunta-se Marco.

Maia pega todos os seus apetrechos de limpeza e sobe para o primeiro andar. Ela bate na porta da sala de Tom Modig antes de abri-la.

— Tenho de limpar as vidraças aqui — diz ela.

Tom Modig imediatamente coloca algo na gaveta da mesa. Alguma coisa que ele, com certeza, não quer que Maia veja. Ela tenta descobrir o que é, mas Tom Modig reage com raiva:

— Não fique aí parada me olhando! Limpe as janelas, se é isso que você tem que fazer.

"Que cara desagradável", pensa Maia. "Ele está escondendo alguma coisa com toda certeza."

De seu posto na torre da igreja Marco observou toda a cena. Agora ele percebe que Maia está na janela. Ela acena discretamente para ele, que devolve o gesto. Mas Marco também está vendo o que se passa atrás de Maia. É algo que o deixa horrorizado!

Tom Modig abre a gaveta e retira uma faca bem grande. Ele testa a lâmina da faca no dedo e balança a cabeça satisfeito.

"Maia está trancada com um assassino louco e eu não posso fazer nada", pensa Marco, desesperado.

Ele acena para Maia tentando avisá-la do perigo que está correndo. Mas ela apenas sorri e dá um tchauzinho.

RASC!

Maia se volta rapidamente quando ela escuta o abrupto ruído. Tom Modig, sentado atrás de sua mesa, está abrindo cartas com uma faca bem longa.

— Terminei de lavar a vidraça — diz Maia.

Tom Modig não responde. Quando Maia deixa a sala, ela escuta Tom abrir a gaveta da mesa. "Talvez esteja retirando o que ele havia escondido", pensa Maia.

Marco tira o binóculo dos olhos e respira aliviado.

"Ser detetive tem seus riscos", pensa. Ele escuta alguém subindo as escadas da torre. É o zelador novamente.

— E aí? Você viu alguma grua? — pergunta ele, interessado.

— Ainda não — responde Marco. — Mas um ornitólogo tem de ser paciente. As gruas são muito raras nesta época do ano.

— Se alguma coisa sair no jornal sobre os pássaros, você vai contar que fui eu que abri a torre da igreja pra você, né? — indaga o zelador.

— Claro — diz Marco.

— Meu nome é Joca Svensson. Svensson com três "S" — diz o zelador.

Quando Marco retoma seu posto de observação, levando o binóculo aos olhos, o zelador vai embora e o deixa em paz.

Capítulo 6

Uma maçã verde desaparece

Maia está agora no último andar do edifício, diante da sala de Luiz Smitt. Ela se prepara para bater na porta quando essa se abre de repente. Luiz Smitt está de pé na sua frente, com agasalho para praticar esporte.

— Não fique tão surpresa, garota — diz ele, sorrindo cordialmente. — Costumo sempre correr antes do almoço.

Ele passa por Maia e sai.

Marco vê a cara de surpresa de Maia através do binóculo. Depois, observa quando Luiz Smitt sai da loja pela saída lateral do prédio. Ele corre alguns metros

e para ao lado de uma calha. Ele se abaixa para amarrar o cadarço do tênis, ao mesmo tempo que apanha alguma coisa na calçada. Em seguida, levanta-se e continua a correr.

Ele parece muito satisfeito. Continua correndo... e entra no correio!
"Que lugar estranho para correr", pensa Marco.

Enquanto isso, Maia observa a sala de Luiz. É parecida com a sala de Tom Modig: uma mesa, duas janelas para a rua, das quais uma se encontra aberta. As ferramentas de trabalho de Luiz estão espalhadas sobre a mesa. Perto da parede há um cabide.

Maia vai até a janela aberta e acena para Marco, na torre da igreja. Marco acena de volta. Ela dá voltas na sala procurando alguma coisa sem saber exatamente o quê. Examina as ferramentas e tenta abrir as gavetas da mesa, mas elas estão trancadas.

"Alguma coisa está faltando aqui dentro", pensa. De repente, ela percebe:

A maçã! Alguma coisa lhe diz que a maçã verde de Luiz Smitt é muito importante. Ela não sabe bem por quê. É apenas um pressentimento. Quando pensa em Luiz, ela lembra imediatamente da maçã.

Maia procura a fruta por toda a parte, mas não a encontra. Imagina que Luiz deve ter comido. Ela vai correndo para o cesto de lixo procurar o talo e as sementes, mas o cesto está vazio!

Marco vê quando Luiz Smitt sai do correio e coloca uma chave no bolso. Depois, ele corre de volta para a joalheria.

Nossa! E agora? Maia ainda está na sala, remexendo tudo à procura de pistas.

Marco observa quando Luiz abre a porta e desaparece dentro do edifício. Que situação! Ele tem que avisar Maia de algum jeito. Então, Marco abre sua sacola e pega o espelho.

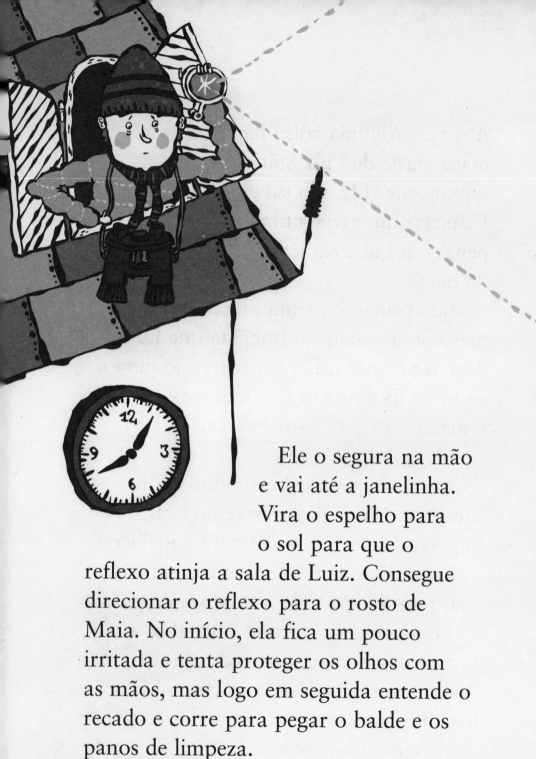

Ele o segura na mão e vai até a janelinha. Vira o espelho para o sol para que o reflexo atinja a sala de Luiz. Consegue direcionar o reflexo para o rosto de Maia. No início, ela fica um pouco irritada e tenta proteger os olhos com as mãos, mas logo em seguida entende o recado e corre para pegar o balde e os panos de limpeza.

Quando ela vai abrir a porta, esta se abre de repente e um risonho Luiz entra na sala.

— Olá garota — ele cumprimenta alegremente.

— Acabei de lavar a janela — diz Maia, carregando todo seu material de limpeza.

"Foi por um triz", pensa Marco na torre da igreja.

CAPÍTULO 7

Quebra-cabeças e bolinhos

Maia esbarra em Tom Modig quando desce as escadas vindo da sala de Luiz. Ele deixa cair no chão tudo o que tinha nas mãos. Um programa de corrida de cavalos e talões de apostas se espalham pela escada. Tom tenta recolher tudo rapidamente, ao mesmo tempo que olha preocupado para baixo da escada.

"Ah!", pensa Maia. "Era isso que ele estava fazendo quando entrei em sua sala e o interrompi. Ele estava sentado fazendo suas apostas em cavalos em vez de polir colares e joias, que é o que ele deveria fazer em seu horário de trabalho. Agora ele está com medo de ser descoberto por Muhammed Kilat."

— Cuidado da próxima vez, desmiolada! — Tom Modig xinga, voltando para sua sala.

Maia pede desculpas e escapole descendo as escadas.

Marco desce da torre. Dentro da igreja, ele encontra Joca Svensson, o homem dos três "S".

— Você viu algum pássaro? — pergunta o zelador.

— Não, hoje não tive sorte — responde Marco, balançando a cabeça. Ele então sai da igreja e atravessa a rua.

Marco e Maia haviam combinado de se encontrar no café ao lado da joalheria de Muhammed Kilat. Lá eles pedem refrigerante e bolinhos, e escolhem uma mesa no fundo, onde podem falar sem ser incomodados. O dia foi muito trabalhoso e ainda não acabou. Agora, eles precisam conversar e pensar sobre o que viram e ouviram durante a investigação.

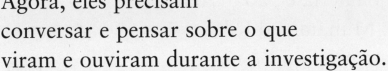

Passam uma hora no café. Eles discutem e comparam suas observações. Marco viu muitas coisas que Maia não viu. A garota, por sua vez, conta o que ouviu enquanto trabalhava no interior do edifício. Juntos, eles somam o que sabem.

Os indícios parecem mais um quebra-cabeças.

A garçonete olha admirada para os pequenos fregueses que não tocam nem no refrigerante nem nos bolinhos que pediram.

Logo depois, Marco e Maia se entreolham satisfeitos e saem da mesa. O quebra-cabeças foi resolvido.

Agora eles já sabem com certeza quem é o ladrão.

Marco e Maia voltam à joalheria e vão à sala de Muhammed Kilat. Batem na porta, mas ninguém responde. Estranho. Onde o senhor Kilat poderia estar? Maia tenta abrir a porta devagarinho. Ela não está trancada. Com a

porta escancarada, eles veem Muhammed Kilat deitado no sofá marrom, totalmente imóvel. Será que morreu?

Marco e Maia correm até ele. Não, ele não morreu. Ele está respirando. Mas não se move e olha como se não enxergasse nada. Eles veem lágrimas

correndo por sua face até pingarem no chão, onde já havia uma pequena poça.

— O sétimo diamante foi roubado — lamenta Kilat. — Acabou. Serei obrigado a vender a joalheria.

— Nós achamos que sabemos quem roubou seus diamantes — diz Maia.

Muhammed Kilat dá um salto e senta-se no sofá em um décimo de segundo.

CAPÍTULO 8

Quem, como e por quê?

— **Deixem-me** adivinhar — diz Muhammed Kilat, limpando uma meleca do bigode. — Deve ser Lia. Ela está chateada porque não aumentei seu salário. Ela deve estar roubando meus diamantes para construir uma casa nova. Mas, em vez disso, compra colares caros e roupas com o dinheiro. Oh, como ela pode fazer isso? — lamenta Muhammed Kilat, gemendo.

— Lia é inocente — diz Maia. — Mas ela tem um noivo. Um senhor de idade, rico, que lhe cobre de presentes. Lia não roubou seus diamantes. Seu único crime é beijar os fregueses no horário de trabalho.

— Já sei! — diz Muhammed Kilat, levantando-se. — É o Tom Modig. Aquele espertalhão! Ele me enganou — irrita-se Kilat, apontando seu punho fechado para o andar de cima onde Tom Modig trabalha.

— Ele rouba meus diamantes para me deixar na miséria! — grita Muhammed Kilat. — Quando ele tiver dinheiro suficiente, comprará de volta a joalheria que era de seu pai.

— Claro que Tom Modig quer ficar rico — diz Marco. — Mas não por meio do roubo de seus diamantes. Ele aposta em cavalos. Tom Modig não é uma pessoa muito simpática, mas tampouco é um ladrão de diamantes.

Muhammed Kilat se ajoelha e bate com as mãos no chão, chorando de raiva.

— Luiz Smitt! — grita ele. — Aquele estúpido colecionador de carros esportivos! Por quê? E como foi possível?

Depois ele se cala. Em sua testa suada vê-se uma ruga.

— Sim, como conseguiu? — pergunta Kilat a Marco e Maia, olhando para eles sem conseguir entender. — Como ele pôde tirar os diamantes da loja e onde os esconde?

— Um talinho e algumas sementes de maçã desempenham um papel fundamental nesta história — diz Maia.

— Sementes e talo que não estão onde deveriam estar.

Muhammed Kilat coça a cabeça sem entender nada. Maia continua:

— Luiz Smitt traz uma maçã para o trabalho todos os dias. Mas ele não come a maçã nem a leva de volta para casa. O que acontece com ela?

— É assim — explica Marco. — Enquanto está trabalhando em sua sala, de manhã, ele aproveita para enfiar um dos diamantes na maçã. Depois, ele abre a janela e joga a maçã no telhado. A maçã rola pela calha horizontal e desce pela calha da parede até cair na calçada. Então Luiz Smitt veste seu agasalho e sai para correr.

Muhammed olha boquiaberto para Marco e Maia. A menina continua a explicação:

— Ao lado da calha, ele para, fingindo amarrar o cadarço do tênis. Então, ele apanha a maçã com o diamante que havia caído na calçada. Depois, ele corre para o correio onde tranca o diamante num compartimento alugado.

— Nós acreditamos que há sete maçãs verdes nesse cofre e o senhor vai encontrar a chave no bolso das roupas dele — conclui Maia.

— Por Alá! Vocês resolveram o caso! — diverte-se Muhammed Kilat pulando de alegria pela sala.

Quando Kilat se acalma um pouco, vai até seu cofre e retira um maço de dinheiro.

— Aqui — diz Kilat, entregando o dinheiro. — Estou muito satisfeito com a agência de detetives Marco & Maia. Agora vocês têm de me desculpar, mas Luiz Smitt e eu vamos dar um passeio juntos até o correio.

Quando saem da sala, Marco e Maia esbarram em Lia Leander. Ela, com certeza, estava escutando atrás da porta, como de hábito.

— Oh! Eu ia apenas... — diz ela, bem vermelhinha.

Marco e Maia olham um para o outro e dão uma gargalhada.

Durante a volta para casa, no ônibus, Maia sugere que eles comprem um computador com o dinheiro que ganharam de Muhammed Kilat. Mas Marco não presta atenção no que ela diz. Ele está olhando pela janela.

— Finalmente entendi — diz ele, rindo. — Tom Modig se referia naturalmente ao cavalo vencedor de um páreo quando disse que "apenas um cavalo é necessário se ele for bem escolhido".

— É mesmo! — exclama Maia. — Ele pensava em seus cavalos, como sempre. Um bom detetive não deixa nenhuma pergunta sem resposta — diz ela sorrindo com aprovação para Marco.

    No dia seguinte, Joca Svensson, o zelador da igreja, e todos os moradores da cidadezinha já podem ler no jornal:

Jovens detetives resolvem o mistério dos diamantes

Os jovens detetives Marco & Maia conseguiram resolver um caso muito difícil. Por meio de um inteligente trabalho de investigação, eles conseguiram vincular um dos funcionários de Muhammed Kilat ao crime.

Luiz Smitt, de 29 anos, confessou para a polícia que havia roubado diamantes no valor de centenas de milhares de coroas suecas.

Marco relata de forma um pouco misteriosa a este jornal que Maia e ele devem a solução do caso à ajuda de três "S".

Agora, Luiz Smitt permanecerá um longo período na prisão, enquanto outros trabalhos deverão surgir para a recém-inaugurada, mas talentosa, agência de detetives.

Este livro foi reimpresso, em 3ª edição, em setembro de 2024, em papel Pólen Bold 70 g/m², com capa em cartão 250g/m².